gli elefanti

Dello stesso autore in edizione Garzanti:
Danubio
Dietro le parole
Illazioni su una sciabola
Itaca e oltre
Microcosmi
Stadelmann
Utopia e disincanto
Un altro mare

Claudio Magris

La mostra

Garzanti

In questa collana
Prima edizione: maggio 2001

ISBN 88-11-66212-5

www.garzantilibri.it

A Veronica e a Barnaba

LA MOSTRA

DIRETTORE

Attenti, più in là, a destra, ma no cussì... che stia su, almeno fino all'inaugurazione, no? Ecco, ecco, sì. I quadri col motivo della stella, la sua sigla quasi, là, sì, no qua, là.

Alcuni inservienti sistemano una targa L'opera grafica e pittorica di Vito Timmel (1886-1949). *Altri dispongono alcuni quadri* – Ballerina con casco d'argento, Festa notturna a Venezia – *in cui appare il motivo della stella. Più in alto uno striscione con la scritta* Letizia.

* * *

Scoppi di botti e di bottiglie di champagne, i tappi saltano in aria e volano con traiettorie di stelle filanti, lasciando scie luminose, che s'incrociano in una grande stella a cinque punte.

VOCI E CANTI AVVINAZZATI

Felice, felice e felice...

Anno nuovo...
Buon 1949 a tuttiii...
Porga i miei più fervidi auguri alla signora...
No go le ciàve del portòn...
No go le ciàave del portòon...
Anche a Sua moglie, auguri...

Si attenua il rumore dei tappi, dei botti e delle grida.

VOCE DI TIMMEL

Vivere al cospetto dell'inconcepibile... Ogni stella nel cielo è un uscio...

* * *

Di nuovo tappi e botti, che rapidamente trapassano nei tonfi delle palate di terra su una bara.

VOCE FUORI CAMPO

...Vito Țimmel (Thümmel). Pittore accademico. Ne danno il triste avviso, a tumulazione avvenuta, le sorelle Ada, Elda e il fratello Bruno. Trieste, 1 gennaio 1949.

Brusio di voci e tintinnare di bicchieri, rumori da osteria. «Ancora un calice, Erminio!»

UN AVVENTORE

Seduto a un tavolo, davanti a un bicchiere, l'aria persa.
Povero, el iera cussì bon...

A sinistra, un po' verso il fondo, appare Timmel, accantucciato con le mani incrociate, ozioso, disinteressato.

TIMMEL

Ti sa, mi go le nostalgie, voio desmentegar le parole de sto porco mondo; quando che gaverò desmentegà perfina i nomi de mia mama e de le mie sorele sarò in paradiso.

* * *

Sullo sfondo una grande insegna di osteria, mentre si sente, attenuata, una musica di valzer e di altri ballabili.

LOCANDA PARADISO.
CENE E BALLI ALL'APERTO.
PONZIANA N. 541.

* * *

Intorno a una bara, tra ghirlande di garofani e nastri di seta, Cesare Sofianopulo, pittore e traduttore di Baudelaire, lo scultore Marcello Mascherini, il professor Baroni, presidente del Circolo Artistico, e il professor Campitelli, dell'Associazione Belle Arti. Un sacerdote.

SACERDOTE

E a noi che restiamo quaggiù dona la Tua consolazione con le parole della fede... *Si allontana.*

SOFIANOPULO

Indicando l'insegna della Locanda Paradiso.
C'est la Mort qui console, hélas!...
È la Morte il conforto che ahimè! viver ci fa,
è il fine della vita, pur è l'unica speme
che, come un elisire, ci eccita, inebria, preme,
di andar fin a sera il coraggio ci dà.

MASCHERINI

Bel, proprio bel. Dio, Baudelaire, che grando! E anche ti, bravo, bravo. Ecco, non pare neanche tradotto, c'è un qualcosa... sì insomma... quel no so come che se ciama... Anche Timmel recitava quei versi, quando glieli portavi a San Giovanni, e poi sul retro delle pagine disegnava quei suoi *Sogni*.

SOFIANOPULO

Gran bel nome per un manicomio, San Giovanni, amava dire e ridire – Il Battista che prepara l'annuncio della Verità e il discepolo successore prediletto, che proclama la Verità finale e l'avvento di nuovi cieli e nuove terre. Di un nuovo manicomio...

TIMMEL

Sì, Cesare, qui dentro li vediamo già, i nuovi cieli – cieli grandi, grandi quadri... è meraviglioso.

MASCHERINI

Ghe piaseva tuto... E come recitava il tuo Baudelaire... La più bella traduzione, el diseva; il traduttore è due poeti in uno. Diomìo, recitava, non andava avanti perché si dimenticava tutto, però...

AVVENTORE

Al suo tavolo.
Anche di pagare i calici all'osteria. E quanti calici...

MASCHERINI

Povero Timmel. Che artista... e che disgrazià.

CAMPITELLI

Sì, ma ha trovato la Letizia. E la stella. Si firmava disegnando la stella e scrivendo accanto «letizia». L'arte è la stella cometa e gli artisti sono i Magi in cammino...

BARONI

Getta un pugno di terra, il tonfo suona come una bottiglia stappata e lui si distrae per un attimo.
Buon anno...
Si corregge.
Sì, finalmente un buon anno, amico, una pace serena dopo tante sventure...

MASCHERINI

Buon anno, amici. Auguri.

SOFIANOPULO

Attraverso bufere, nevi, brine, di là
sull'orizzonte torbido è luce al cuor che freme;
è l'albergo famoso, registrato, ove insieme
e mangiar e dormir e seder si potrà.

TIMMEL

Andemo da Erminio, o Ai porchetti... Porzina, luganighe de cragno, prosciutto Praga. Anca jota, per chi che vol. Mi no, bitte schön. A mi me basta bever...

SOFIANOPULO

Vivere non necesse est, bibere necesse est – Ed egli ne bevea senza posa, una volta fin dodici litri, a garganella dal cratere di bronzo... Vino due volte al giorno, ai pasti e fra i pasti. Però michelangiolescamente affrescata l'aveva, quell'umil regale osteria.

MASCHERINI

Sì, ostia... quel grande muro, da Erminio, con quelle macchie unte e bisunte che si vedevano anche dopo, sotto i colori. E che colori – che grande, diobon, quela pitura sul muro, quel ziel, quele torri altissime, quei omini disperai e quei ori de sangue, che no te savevi se iera dolori da strenzerte 'l cuor o una gloria – ecco, un maestro antico.

CAMPITELLI

Sì, ritornare agli antichi, diceva, alla grande massa decorativa, agli assiri agli etruschi ai greci ai romani – male in arnese com'era, costretto a regalare un quadro, per farsi pagare da bere, a qualche mecenate pescecane che pretendeva di farlo ballare come un orso al circo, aveva sempre in bocca la Sistina, la maestà prodiga e grande, regge palazzi chiese la gloria il potere... come odiava la perfezione del quadro di piccole dimensioni, roba meschina, diceva sprezzante, «foro incorniciato»...

SOFIANOPULO

Arschloch, propriamente diceva, busdelcul.

BARONI

Anche se poi, al manicomio, faceva quei quadretti e disegni piccoli piccoli, neanche fogli di quaderno...

Sullo sfondo un inserviente dell'ospedale psichiatrico attraversa il palcoscenico con delle carte spiegazzate in mano.

INSERVIENTE

Francobolli, altro che quadri. Dio sa cosa ci trovi il primario, come se qua dentro non ci fosse abbastanza carta straccia... ma anche lui li guarda giusto un momento, poi li ficca in quel cassetto, cassetto o pattumiera non fa poi tanta differenza...

TIMMEL

L'arte va fatta in grande, maniera grande di re e popoli dominatori, ori e gonfaloni di battaglie, niente pianzotèi di mammolette incomprese – che i vadi a sconderse l'artista, il poetino, il pittorucolo col suo quadretto, un fazzoletto da spudarghe drento l'anima delicata, sangue de naso una volta al mese, come la mona... Un quadro ha da essere grande, duro come ogni grandezza, come la vita. Alla Kunstgewerbeschule di Vienna il maestro era Klimt – no, no xe vero che i no me ga volù, son 'sta mi, mi sono bocciato da solo, ero indegno di un Maestro simile e l'ho detto, l'agone è per i grandi, non per la minudaia e peggio per me – che il ferreo Vero trionfi e colpisca, sotto a chi tocca, anca a mi. Però, per conto mio, l'ho studiato, il Maestro – *Il bacio*, per esempio... il bacio si perde nell'oro, è l'oro che conta, non il bacio, ogni studentello è buono a miagolare d'amore e a credere che sia la *Bohème*.

BARONI

Ce l'aveva su coi bohémiens... vermi, sbraitava nelle bettole, senza neanche i soldi per pagarsi la sbornia, zìngani...

TIMMEL

Il bohémien è un verme, uno sfacciato che mette in mostra i suoi fegatini cirrotici e offre da bere il suo piscio con l'etichetta della fonte Castalia, marchio di Muse sgangherate... Il bohémien, l'artistoide, il narciso, il protervo, l'infelice vanno sradicati con il volere netto, regolare, paziente degli ordinatori. Estirpare la gramigna, toglierla dal grano... Cosa? Ah... sì, so, so. Peggio per me se sono gramigna. Sì, ingegnere, possibile, probabile, probabilissimo, ma anche il concime coopera umilmente al disegno divino e al bene dell'uomo. Lo sterco asciutto è un buon combustibile, buono per un gran fuoco, e io riscalderò la stalla nell'ombra, stenderanno le mani verso la fiamma, io sarò solo un secco crepitìo e loro si ripareranno dal grande gelo...

MASCHERINI

Dio, quella volta alla Cavalchina, quando gli ha versato tutto lo sciampagna sullo smoking, sì, all'ingegner Pomogacci, che gli comprava un quadro con una cena, e Pomogacci – che mi ricordo di quando si chiamava ancora Pomogats, no, Pomogac, sì, insomma, Pomogacci – ghe ga dito de tuto e lu, calmo, tranquilo...

TIMMEL

E le faville saliranno in alto col vento, nella notte così nera da sembrare blu, lucente come i suoi capelli, onde nel buio bianche di candida spuma, il sorriso e il riso di Maria – punteggeranno ardenti gli inesistenti spazi infiniti, stelle nell'infinito soffittato di stelle, dugentilionar di costellazioni che tramontano... vedevo tante luci tremanti, laggiù nella città, quando la domenica tornavamo dal Kahlenberg, e

Vienna era un balenìo, puntini di luce, tante candele di un compleanno perpetuo...

SOFIANOPULO

Hast du vom Kahlenberg das Land dir rings besehn,
So wirst du, was ich schrieb und was ich bin, verstehn.

Eh sì, sotto l'Austria le scuole erano serie e i poeti si imparavano a memoria. E il professor Riedel aveva la manìa di Grillparzer, quante volte gli dovevamo ripetere quei versi. Grillparzer è rimasto a Vienna tutta la vita, Timmel è andato via presto per venire a Trieste, ma la frittata era già fatta, l'infanzia è già tutta la frittata. Sentite che bella idea per una serie di ritratti: dipingere i paesaggi e scrivere sotto i nomi dei personaggi. Ritratto di Grillparzer, appunto: le colline del Wienerwald, il Kahlenberg e tutto il resto, col campanile di Santo Stefano sullo sfondo. Ritratto di Timmel, lo stesso. No, no. Piuttosto i muri dell'osteria, da Erminio...con tutte quelle macchie, come sul vestito di quel Pomogac, no, Pomogacci...

TIMMEL

E quei muri da Erminio sono la mia Sistina, robe grandi, macchie scure, anca tristeze e robe tremende e monade ma grandi, el mondo, no robete de mi... Ciò, Erminio, go fame, portime 'do de quele robe tonde che fa i usei nei cortili, come le se ciama?

VOCE FUORI CAMPO

Da un anno progressivo indebolimento della memoria e disorientamento e fatti demenziali – Cartella clinica di Thümmel Vittorio fu Raffaele, Ospedale Psichiatrico di San Giovanni, Trieste.

SOFIANOPULO

Culi rotti...

TIMMEL

Von Thümmel, prego. Questo me lo ricordo bene. Anche se non so cosa c'entra.

MASCHERINI

Ostia, neanche le uova sapeva più come si chiamavano... Ma grando, grando.
A Sofianopulo.
Bon, Cesare, stanotte non avrai da mettere tutti quei campanelli intorno al letto...

SOFIANOPULO

E potrò anche dormire un'ora di più domani mattina, il sonno è buono e un artista nel suo travaglio l'agogna, dolce abbandono che ristora l'anima in tormento, gli artisti hanno bisogno più degli altri di dormire, Orfeo nelle braccia di Morfeo – e invece dovevo stare attento a levarmi prima di lui, per togliere i fili e i campanellini che ogni sera, mettendolo a dormire, piazzavo intorno al suo letto, in modo da svegliarmi se lui si alzava – eh sì, ciò, da quando che 'l gaveva dito –

VOCE DI TIMMEL

Sparito nel buio.

Morire insieme, Cesare, meraviglioso – e venire sepolti in un'unica cassa... l'amicizia è meravigliosa, è la libertà, e solo di là si è liberi. Squasi squasi te copo stanote, e cussì la xe fata... e anche ti te sarìa contento, credime... Meraviglioso... e i tuoi greci, o greco, ci accoglierebbero nell'Ade fiorito di asfodeli, tuta gente cocola, come da Erminio, ombre grandi di amici, Damone e Pizia, Armodio e Aristogitone... Due che fanno uno, Kalòskagathòs, noi due –

BARONI

Calimèra calispèra tuti i greghi in caponera –

SOFIANOPULO

Con quele campanele e cordele ghe la go ficada, no se sa mai... Ma non avrei nutrito alcun vile rancore, quand'anche – un'anima grande, e io so chi sono, non muove ciglio né piega costa sol perché trema un'ombra sulla parete, ombra di morte, il fine della vita, pur l'unica speme che, come un elisire, ci eccita, inebria, preme... e come avrei potuto prendermela? Anche se avesse tentato di ammazzarmi, lo avrebbe fatto per amore, faceva tutto per amore, solo per amore... Eros e agape, più agape che eros, povero Timmel, mentre mi –

BARONI

Sappiamo, sappiamo. Ogni sera, col bel tempo, ti piazzi in fondo a via Mazzini, con la schiena verso il mare e il tramonto, a guardare le babe che vengono giù verso le rive...

MASCHERINI

Me par de vederte, tuto infogonà...

SOFIANOPULO

Mone, gente di dura cervice! È tutta una questione di trasparenza e di luce, con quella luce – ma proprio quella, in quei minuti – si vede tutto, sotto a le cotole e al combiné...

BARONI

Eh già, la tua teoria del tramonto. Nel fior dei tuoi peccati, vecchio peccatore...

CAMPITELLI

Pensieri, parole, opere e omissioni... si pecca anche per omissione. Forse soprattutto. Mancanza d'amore, di carità... di tutto... la vecchia Chiesa sa il fatto suo. E con lui, povero Timmel, in tanti abbiamo peccato di omissione... In fondo solo tu, Cesare...

SOFIANOPULO

Sì, avrebbe potuto farmi qualsiasi cosa e gli avrei voluto bene come sempre... e come era possibile non volergli bene? Se me lo rivedo come quella volta, dietro l'angolo di via San Spiridione, appena scappato dal manicomio, era saltato giù dalla finestra – senza colletto, senza cappotto, col camisotto dei mati, la giacca straponta e le braghe de un altro, e la cartella sotobrazo; una cartella tutta ben ordinata, trentasei grandi fogli di carta, bella grossa, ogni foglio un disegno, tutto lindo, regolare, pulito... sì, altro che Damone e Pizia, mona, lo go riportà al frenocomio, lo gavemo portado in dò, mi e Dobner, quel dei orologi... in quella stanza col letto di ferro, nero, e i muri neri, macchiati, i mobili sgrafai e in tochi, chiuso a chiave, i me serava anche mi drento con lu, co' 'ndavo a trovarlo, e co' 'ndavo via me tocava bater e bater e ghe zigavo a quela camoma de infermier che no rivava mai e no'l trovava mai la ciave e Vito me diseva «non t'inquietare, Cesare, calma, calma, xe una persona cocola, qui è meraviglioso, ci sono anche le macchie sul muro, come da Erminio, te n'avvedrai anche tu, o cieco Narciso»... piangeva, anche, ma così, giusto per piangere...

TIMMEL

Né dolore né gioia, Cesare, giusto per farse bei i oci, non so se puoi capire, sempre chiuso là fuori...

SOFIANOPULO

Non sapeva cosa fare, quando si stufava di scarabocchiare quei disegni piccoli piccoli, si metteva a piangere, ma non sempre... in quei momenti gli veniva sonno, non sapevo più cosa dirgli ma aspettavo che si addormentasse e poi andavo via...

CAMPITELLI

Requiem aeternam dona ei Domine et lux perpetua luceat ei. Requiescat in pace.

GLI ALTRI TRE

Amen.

Si sentono botti, canti sguaiati, «buon anno, buon anno, No go le ciave del portòon...»

Andemo da Erminio...

Gli inservienti stanno uscendo. Sullo sfondo hanno sistemato Il sogno meraviglioso alla notte di stelle, *tutto nero-blu-lucente, gli astri scintillanti, ingigantiti. Davanti, altri quadri sistemati a quinte, fra di essi si snodano tanti meandri.*

DIRETTORE

Sovraintende ai lavori.
Ecco, così, molto bene. Una mostra è un itinerario, un percorso. Percorso Timmel, lo spettatore deve entrare in un labirinto, nelle spire di un serpente, di una grande tentazione...

Due inservienti sistemano un'altra quinta, col disegno del Mondo Saturnio: *il globo terrestre e un omino che ne esce avviandosi nello spazio in direzione di Saturno. Verso il proscenio appaiono –ingranditi – gli schizzi e i disegni composti da Timmel sui piccoli fogli nel manicomio: passeggiate meravigliose in riva al mare, il Viandante tra sentieri fioriti o sul lungomare, fondali marini, città vuote, pareti di mattoni ossessivamente squadrati, muri altissimi, interni chiusi, la stanza/cella col letto di ferro, le osterie, la casa/bara, la stazione/muro. In alto, una proiezione del grande quadro* Gli anonimi, *la luce indugia sulle sue colonne di fumo che s'inalzano sopra la folla dolorosa.*

DIRETTORE

...niente arte e follia, per carità, non siamo all'asilo. Sociologia della follia, la società deviante che sublima l'arte per relegarla in un ghetto e impedire di vivere... senza la società borghese non ci sarebbe la follia e senza la follia non ci sarebbe la società borghese e senza l'arte... no, l'arte c'è comunque, se no noialtri... insomma, l'arte... l'arte come una modalità...

Gli inservienti cominciano a uscire.

Dunque... Nato a Vienna, morto a Trieste. Cosa si può pretendere di più. Un concentrato di mito absburgico. Anche quasi scolaro di Klimt. Appunto, quasi, neanche quello, vecchia Austria, grande cerchio che però non si chiude, totalità cui manca sempre qualcosa per fare l'intero. Metafisica della sottrazione. Una mostra con tanti vuoti?... Encefalogramma piatto, ma nobile, elevato, linea retta però tirata in alto... Vedremo. Comunque la morte a Trieste è una fortuna, è il luogo giusto.
Esce. La sua voce blatera in lontananza.
In ogni caso, mettere in evidenza l'annuncio di morte e lasciar perdere il certificato di nascita. Che

uno muoia, è una necessità; che uno nasca, un caso. Anche quel suo bel Danubio blu viennese si sa dove muore, ma quanto alla nascita...

TIMMEL

Mille giorni... Un regno lungo, duraturo, un impero. Io, qui, uomo, muffa preistorica, sfilo l'Io dalla pacchiana collana di desideri che lo hanno tenuto ritto e irrigidito in una foia crudele, arrogante misirizzi che non fa inchini, Lei non sa chi sono io, brullo albero rinsecchito dal vento di millenni feroci, e lo butto a terra, flaccido goldone finalmente in congedo. Ergersi nel vento fa male, cento lame sfregiano il viso ed il cuore. Muffa e homo sapiens eretto, decadenza inutilmente abbellita da oro e incenso, i corpi si ravvoltolano per terra dal dolore, dai camini sale il fumo infernale.
Abdico, in questo esilio –

VOCE FUORI CAMPO

Von e fu, Vittorio Thümmel fu Raffaele von Thümmel, Vito Tim...
Colpi di tosse, sillabe incomprensibili smozzicate e interrotte da conati di vomito.

TIMMEL

Sì, abdicare. Mille giorni a San Giovanni, dieci volte più di Napoleone, Sua Maestà l'Io depone corona, ermellino, scettro-pennello, e si ritira, toglie il proprio ritratto dal muro e dietro non c'è niente, solo un muro screpolato. O Cesare Sofianopulo, ellenico pittore e cuore fedele, non si turbi il tuo cuore, non commiserare questa reggia *(mostra il lettino di ferro della cella del manicomio)* anche Francesco Giuseppe, Imperatore d'Austriarediungheriarediboemiaredislavoniaconteprincipedigoriziaegradiscasignoreditriesteecceteraeccetera dormiva su un letto di ferro, nella sua rocca regale.

Dall'ombra emerge, alzandosi, Sofianopulo, che si allontana ed esce di scena in silenzio.

Abdicare, l'unico gesto da re. Non compiangere l'amico diletto, la pietà è un'offesa e il delitto di lesa maestà non è tollerato, e nemmeno con te potrei essere indulgente, perché se il ferro deve battere, batte. La tenebra s'incelesta, l'ombra invade tutt'intorno il viandante e lui sparisce, pesce nelle acque scure della notte, acque fosforescenti di stelle a dugentilioni. Lascia che gli altri suppongano l'irrimediabile fine, mentre invece già incelesta per lui la porta che sta nell'ombra e si cancella lo scalpore della folla che sta intorno...

Appaiono, dietro vetri oblunghi e sbarre, i volti deformi e stralunati di pazzi furiosi; i pertugi delle singole celle si accendono e si spengono alternativamente, illuminando ora l'uno ora l'altro dei reclusi. Urla, gorgoglii, suoni scurrili e strazianti che a poco a poco si fondono in un coro-borborigmo.

PRIMO SEMICORO

An, dan, des
stile mala pess
stile mala pupa ne
an
dan des.

SECONDO SEMICORO

Bozolo, bozolo tondo,
quanti ani ga sto mondo?
Qua drento el ne ga tanti
che nissun li pol contar
xe più ani in manicomio
che le onde in mezo al mar.

Un matto avanza verso il proscenio, si rivolge a qualcuno, ma non si vede nessuno.

MATTO

La scusi, infermiere, la regola stabilissi cinque sigarette al giorno, ogni sigaretta fumada in riga... *(fa il gesto di fumare)* vale cinquanta metri di tempo. Infermiere, infermiereee, è due settimane che ci fregano sulla conta, le giornate si slongano di chilometri...

TIMMEL

Sogno 18 martedì settembre 1945 nel mare vedevo lautomobile, sogno 10 lunedì agosto 1941 camminata meravigliosa, sogno 9 giovedì agosto 1945 una dona giovine una dona vecchia, cocole, le giornate si allungano si accorciano dipende bisogna fare attenzione sigaretta più corta fumo più lungo notte più lunga giorno più corto Natale è meraviglioso perché è il giorno più corto, la notte è meravigliosa...

SOFIANOPULO

Sventola una bozza della sua traduzione dei Fiori del male; *sul retro c'è un disegno di Timmel, un'immagine di città vuota.*
Ah, le noir illimité!...
Essi così attraversano l'immensa oscurità,
sorella del silenzio eternale... o città –

PRIMO SEMICORO

Bozolo, bozolo tondo
c'era una volta il mondo –

SECONDO SEMICORO

Niente fiabe per bambini,
qui non siamo fantolini!
Così dice il buon dottore
che per il nostro bene
ci mette le catene –

SOFIANOPULO

mentre intorno a noi canti, ridi o mugghiando
imprechi, amante del piacere fino all'atrocità,
guarda, anch'io mi trascino! ma, in maggior cecità –

PRIMO SEMICORO

Dottore, buon dottore –
non fatelo arrabbiare
se no con certa gente
lui usa la corrente –

SECONDO SEMICORO

E la corrente elettrica
è una corrente forte
chi tocca il Direttore
pericolo di morte!

TIMMEL e SOFIANOPULO

La voce di Sofianopulo è molto più alta, quella di Timmel quasi una sua eco affievolita.
Rovine! mia famiglia!
Menti, un tempo sì varie,
menti della sera,
vi do un solenne addio!

PRIMO SEMICORO

E la mama fa la nanna
fa la nanna al fantolin –

SECONDO SEMICORO

Chi sarìa, sta siora mama,
come xe che la se ciama
mi conosso Lia e Luciana
che le scova la cusina,
anche Olga, Nives, Lina,

Teresita, la putana,
ma una mama cossa xe?

PRIMO SEMICORO

El dotor ga dito, mone!
Non provate mai vergogna?
Solo i fioi credi a la mama
L'uom lo porta la cicogna!
Se qualcuno ancor protesta
che lui vuole la sua mamma
piglierà una botta in testa,
la sua giusta ninna nanna!

SECONDO SEMICORO

Maria, Maria longa,
impresteme 'l sciopetin
che vado in Francia
a mazar quel uselin
che tuta la note 'l canta
e no posso più dormir –

PRIMO SEMICORO

L'uccellino è già ammazzato
è già morto e addormentato
il dottor l'ha schioppettato.
Maria longa abbi pazienza
qui dobbiamo fare senza –

SOFIANOPULO

O Sosia inesorabile, ironico e fatale
schifa Fenice, figlio e padre di se stesso –

TIMMEL

Non voltar le spalle a quel corteo infernale...
È la mia Guardia, o Pittore, la mia Guardia imperiale –
Le bandiere garriscono stridule, striano l'aria, tamburi di saluto ruttano l'addio. L'Io si congeda, espulso con una scoreggia. Ho vissuto con lui devotamente dal giorno che l'alito gorgogliava confuso con l'ansia della madre che lo spingeva fuori, ora basta. Una volontà ignota avvinghia l'uomo, svaga e imbratta la superficie, ma ora schluss, fertig, raschiare pulire nettare buttare nel cesso. Qualcuno soffrirà, non io. Dio non si accorge del male... anche i nostri disagi fanno subire tormenti alle miriadi di esistenze microorganiche che ci vivono dentro disagiate...

Qualcuno tossisce, tira su col naso, sputa.

Noi, i bacilli del raffreddore di Dio, un'aspirina e silenzio, tutto finito, Dio ingoia una pillola effervescente grande come il sole, un disco dorato che scende nel mare, arrossa le acque, gorgoglia nella gola di Dio, ecco, va giù, e per il bacillo von Thümmel tricchete tracchete.

SECONDO SEMICORO

Aia, baia, muche staia
tia, bia, compagnia,
simiracul, tricul, tracul,
aia, baia, bof.

TIMMEL

Giù. Nudi alla meta, nudi alla terra. Togliersi i vestiti, come quando sono entrato qua dentro, me l'ha ordinato il direttore. Anche alla Maison Thümmel ci si sveste, Negozio di Mode, Triest Börseplatz Nr. 7, Mezzanin, telefòno 1801, i miei genitori sapevano fare il loro mestiere con garbo e il negozio andava bene. Prego, Madame. La signora va dietro il paravento, si toglie l'abito, dentro non c'è nessuno, non c'è più nessuno, non c'è mai stato, neanche il negozio...

La luce illumina un paravento. Entra una signora, sparisce dietro il paravento, ne esce un matto, che sparisce verso il fondo.

TIMMEL

Von Thümmel?... Raffaele von Thümmel e Adele Scodellari, mai sentiti nominare, mai esistiti, rientrati nella calotta pregna e porosa dell'universo, materia albuminosa, panciagravidadiluna che sparisce sotto l'orizzonte prima di svuotarsi...

TUTTO IL CORO

Cuccù il bambino non c'è più –
Andele bandele pete perè
chi ghe xe e chi no ghe xe
chi ghe xe i lo porta via
no ste' dirlo a mama mia
la luna fa la panza

'l sol ghe impara la creanza
con un fero de uncineto
te vien fora bel muleto
te finissi in gabineto.

TIMMEL

Disegna un piccolo foglio; è il Sogno del Mondo Saturnio *con l'omino che si avvia nello spazio.*
Pegola che no son nato morto
E sempre saluti cordiali, pitor Sofianopulo.

Tutta la scena sprofonda nel buio.

* * *

DIRETTORE

Sta preparando il discorso per l'inaugurazione della mostra. I suoi gesti sono sempre più scomposti.
...è nel periodo della seconda degenza che Timmel, l'autore della grande decorazione del Cinema Italia e di imponenti affreschi quali *Gli anonimi*, lo spregiatore del quadretto di piccole dimensioni, si dedica a comporre, ogni giorno, quei microgrammi su minuscoli fogli quadrettati in cui disegna pupazzetti microscopici; intrighi minuziosi ed elementari di architetture, pullulare di mattoni, labirinti di strade e di siepi, cellette e viali alberati. Microgrammi, microcosmi. Sogni, li chiama lui. Strade silenziose, muri altissimi di mattoni, città vuote, rive del mare, osterie che sembrano prigioni, alberi.

Alcuni matti, in gruppo, vestiti da reclusi, si assiepano intorno a lui, lo ascoltano a bocca aperta, immobili, lo sguardo fisso nel vuoto.

DIRETTORE

Il disegno si fa infantile, la fantasia regredisce eppure riecheggia, arieggia, cita a memoria – in una memoria rattrappita e ossessiva – quadri celebri e grandi, un blocco squadrato di spazi allude a Piero della Francesca, infantili case arroccate citano Giotto e i senesi, una piazza deserta e un'ombra cifrano i silenzi delle *Muse inquietanti.* Il segno ancorché bloccato a uno stadio puerile si colloca entro sistemi poliedrici di altri segni a loro volta decontestualizzati e ricontestualizzati in circuiti di compresso livello linguistico, fra l'ironia e l'assertività... autismo dialogico, dialogo autistico epperò fraterno con la Natura... Timmel diventa Viandante nel manicomio; chiuso nella sua cella, vagabonda per sentieri e marine, cammina e cammina, sempre là accantucciato e disinteressato agli altri reclusi...

Il conferenziere scompare, seguito dai matti in silenzio. Appaiono qua e là sulle pareti alcuni quadri e disegni: Il Viandante, Il viandante sul ponte, Isola, Colline; omini in strade deserte, osterie, viste sulla campagna, muri.

TIMMEL

Che bello andare in giro... queste strade vuote, questi mattoni fissi fissi fissi, ma belli – e gente cocola, nele tampe e nele osmize tuti xe cocoli... el vin... Bon, el vin. Mondo meraviglioso. E quando fa notte...

SOFIANOPULO

Il già azzurrato cupo monte impone l'inevitabile sosta –

TIMMEL

In osteria. S'intensificava la sera d'un vellutato lucente nell'alto cielo, l'aria scemava appena appena, un chiaro opaco, più chiaro, no, più opaco, no, più ciaro...

Inservienti portano una tavola e sedie sgangherate.

CORO DELLE SEDIE

Eccoci – opache, buone e opache, neutre, indifferenti – appoggiati siediti sdraiati, di noi ti puoi fidare.

SOFIANOPULO

Di noi ti puoi fidare, siam vecchie del mestiere,
amiche del sedere.
E per mangiare e bere –

TIMMEL

Bon, boni quei knödel, e quel vin. Anca qua se magna ben. Quasi come al Paradiso. I altri bala, mi no. Mi stago sentà e bevo. Ma me piasi che i bali. Xe meraviglioso. Me piasi la panchina... assicelle smarrite in un fogliame d'inselvaggita vite sul muro e la grondaia, linee di piombo fuggono in alto, confinano con l'irraggiungibile... E quele bestiuze, dapertuto. Cani, gati, useleti, bacoli –

SOFIANOPULO

Appare il Sogno *con l'immagine della bestia.*

Uscivano neri battaglioni
di larve, che colavano, come un liquido denso,
lungo quei cenci per reincarnazioni...
Divina mania del poeta... vedeva dappertutto quella bestiolina nera...

Appaiono i Sogni *con i muri di mattoni.*

TIMMEL

Che bei mattoni, che respiro, che libertà! 'Ssai mejo adesso che quela volta, San Giovanni xe meio che Viena – ricordare è mordersi le vene, perché il dottore vuole che io ricordi tutto? Vienna, infanzia, clisteri di malinconia. Alberi di Natale, feste cicatrizzate. La neve. Punti bianchi nell'aria – A letto, guanciali di neve.

PRIMO SEMICORO DELLE SEDIE

Una dal medico supposta meningite e i genitori subito sì, sissì, meningite. Accasciati si accanivano, confortandosi con gli amici e propagando intorno a lui l'affliggente tolleranza –

TIMMEL

Von Thümmel fu Raffaele, no, fu Vittorio...

SECONDO SEMICORO DELLE SEDIE

Sempre dimenticato si accantucciava qua e là per la casa, ozioso, disinteressato –

TUTTE LE SEDIE

Come noi, Vito, sììi, come noi, come una di noi. Oziose, disinteressate, buttate qua e là, come viene – Stemo cussì ben, i ne pol sbater come che i vol, no 'ne fa mal –

TIMMEL

È accantucciato e si tiene le ginocchia, sembra una delle sedie. Si scuote e si stiracchia leggermente.
Sì, no fa mal, xe meraviglioso –

Entrano gli inservienti, spostano e sbattono le sedie.

CORO DI TUTTE LE SEDIE

Che-bel-no-fa-mal-che-bel-no-fa-mal-povero-mona-coss-te-se-credi-sbati-sbatocia-slampete – straus...

TIMMEL

E quela piova, fita e zita – la ascoltavo per ore e mia mamma non capiva... zitta, fitta, uguale – no, non uguale, tutta un'orchestra, il violino più piano, il

Klavier più forte, ma poco, e come qualcuno che cantasse, che cantava, là dietro quelle strisce, ma piano, e guardavo le strisce finché non lo sentivo più...

CORO DELLE SEDIE

Il cielo rigato e striato di pioggia
un'enorme carceraria uniforme
scola la vita nella putrida roggia –

SOFIANOPULO

Lassù svuotano gli orinali, tepido sudore, i cavalli del sole pisciano, ansanti per la grande corsa nel cielo mentre scende la sera. L'ombrello, per favore.

TIMMEL

Mia mama no me capiva, ma no la me zigava, tanto el xe cussì, la diseva, el ga avù la meningite –

CORO DELLE SEDIE

Dal fondo.
Supposta dal medico meningite –

TIMMEL

La colpa era là, la colpa è all'inizio, prima di tutto – fare è innocente, essere è colpa – E in quel paradiso si creava l'inferno. Nel cortile, estati sepolte – guardavo dalla finestra, un buco buio nella notte, il baratro della legge – ghe son cascà drento, casco ancora, caduta senza fine e senza fondo, la vita è legge, pegola che no son nato morto – Ma adesso no, l'inferno è sparito, l'inferno è una scatola, io sono venuto fuori e ho dato un calcio alla scatola...

CORO DELLE SEDIE

Go dado una piada a la tavola
go roto un bicer e una cìcchera
la iera tropo piccola
la iera tropo piccola –

SOFIANOPULO

Per far l'amor con mi!

TIMMEL

E adesso son qua, in 'sto immenso paradiso. Gavè visto che bel el gran balo Paradiso? Grando, un local grando, e el bersò, e i tavoli fora, co' fa bel, ma fa sempre bel, e la pista da balo, lissa, bianca, come el lago de Percedol tuto iazzà, un lago di ghiaccio.

DUE VOCI

– Balla, signorina? – E per cossa son qua?

TIMMEL

E i palloncini veneziani, che i bala anche lori, co' sufia, tuti colorati, come bole de savon, come mandriòi...

SOFIANOPULO

Canta.
Mòlighe el fil che el svoli
quel mandriol peloso
credeva che lo sposo
e inveze lo go lassà –

LE SEDIE

perché el iera... perché el iera... perché el iera... o dio, cossa el iera?

LE SEDIE

Ognuna per suo conto, in un sovrapporsi di grida che si perdono in un gorgoglio confuso.
Un disgrazià, un disperà, un carigà, un cagà, un gagà, quaqua –

TIMMEL

Ma adesso l'inferno si incelesta, si riempie di grazia. Tanti sogni, meravigliosi – strade larghe, diritte, che finiscono in campagna o nel mare – la strada è larga, lunga, fugge e s'assottiglia laggiù, nell'infinito, fino a coincidere col punto visivo... un punto, ecco. Io sono un punto, io è un punto. Un punto non ha estensione, non c'è, non è niente...

LE SEDIE

El mandriòl... mòlilo lìghilo ciàpilo spòsilo làssilo...

TIMMEL

Su un carro. L'autunno cessava. Punti bianchi di neve nell'aria. Anche le stelle, punti, niente, manciate di niente che rotolano e rutilano senza rumore. Una mano si sporge dalla carrozza, lascia cadere le monete, punti scintillanti, fiocchi di neve, non li si sente sbattere a terra. La strada si strozza in un punto, laggiù, anche il viandante in mezzo alla strada è risucchiato frullato in quel punto. Io è un punto nero in un punto nero non più grande di lui, densità di una stella in collasso, enorme implosione silenziosa che potenzia l'io agli estremi confini, la mia pelle è l'universo – Libero! Tute quele case, quela campagna e quel vento... son entrado in una casa e go trovado una dona...

SOFIANOPULO

Ah finalmente, eccoti qua,
l'hai ben trovata, la tua immensità!
Venere Urania, musa dei cieli,
antica puttana in purissimi veli,
volta notturna, il tuo grembo nero
risucchia e strizza il cosmo intero!
Poter guardare sotto il tuo manto,
come al riverbero di un bel tramonto
guardo alle donne sotto le gonne!

TIMMEL

...go trovado una dona, ierimo nel paradiso e parlavimo del mondo... è bello, il mondo – tutto vento, libero –

S'ingrandisce, dietro e intorno a lui, uno dei suoi disegni, uno dei Sogni *con tanti mattoni, città con case come cassetti chiusi, interni di stanze con inferriate alle finestre, come lager, muri altissimi che rinserrano la strada e il cielo – E bestie, strane bestie che paiono ora cani ora topi giganti ora insetti.*

TIMMEL

Che bello, camminare fra tutti quegli alberi – il viandante va, cammina, cammina, ogni frasca per lui è un tetto ogni erba un giaciglio – andare giacere giacigliano per lui l'erbe le messi i frutti d'oro coltri dorate di re – e la bestiuza là dietro, buona, cuccia... bestiuza, bestiaza... guai a chi tocca la stella, il grande cane nero fa la guardia al giardino, la mano che coglie il frutto è già fra le sue zanne... il sole cala e la bestia cresce, ombra gigante alla catena sul muro, sordo ringhio della sera. Il viandante vuol saltare il muro ma è troppo tardi, la catena si spezza, il cane è già là, enorme, piccole fessure bianche nel muso nero, anche i denti sono bianchi, lingua rossa di fuoco. La bocca si spalanca, saliva melmosa, risucchia il mare, le acque rifluiscono nel gorgo, anche la stella si rompe sugli scogli aguzzi e sprofonda nella gola. Cane nero, silenzioso...

SOFIANOPULO

Accarezzando un cane.
Bravo, Rolf, cussì me piasi. Abbaiare alla gente e ai dottori e mai ai matti. Te ga naso, vecio, te xe una bona bestia.

TIMMEL

Accarezzando anche lui il cane, gli mette familiarmente la mano in bocca.
Sì, che bona bestia, tute le bestie xe bone – anche gli uomini, buoni e felici, non si vede nessuno per le strade – e quei pochi svoltano dietro gli angoli cammino ho perso una scarpa – Vie silenziose, tranquille – Scala di Santa Maria Maggiore, onde salgono s'arricciolano, navata spumosa, un'onda si frange, la spuma brilla e svanisce nel cielo, si volatilizza, volo d'angelo ali sbattono nell'aria bianche lame di luce. Via San Michele fiume scuro Via Tigor rigagnoli sepolti, fogne tra le pietre, ogni acqua è santa, fonte battesimale di vita nuova, Vicolo delle Ville viole ai bordi piccole suore in preghiera una ride adorabile suora ridente – grazia di Dio senza nome anche su di me – muri delle case corrosi dallo sputo del tempo, muri alti, ma i muri cadono, il mare li travolge li sbriciola come un'enorme palla di cannone – che bel che xe el mar, el vien su, su, una volta son cascà in mar ghe xe strane robe soto el mar...

SOFIANOPULO

Uomo libero, il mare ti sarà sempre caro
perché tuo specchio è il mare, tu scruti con stupore
nell'infinito svolgersi dell'onde a fior a fiore
l'anima, né il tuo spirito è abisso meno amaro.

UNA DONNA CHE PASSA PER LA STRADA

Eccolo che el se perdi come ogni giorno per le fodere... un'osteria drio l'altra...

TIMMEL

Basta girare quella curva, poi una scala, poi il muretto, poi gli alberi, poi un altro muro, ancora una scala, la strada è una scala a chiocciola, il viandante sale, si allunga e si acchiocciola, una bestiuza, adesso la xe una bissa sul muro, biscia d'acqua serpentina su strada serpentina, serpente di mare –

TIMMEL

El mar, la zò... el brila... tanti punti che brila, un punto solo... tuto el mar un punto, niente –

SOFIANOPULO

Uomo, niuno ha scandagliato dei tuoi abissi i fondi; o mar, niuno sa l'intime ricchezze che nascondi –

* * *

TIMMEL

Sì, in riva al mare – Ho incontrato una donna gentile. Go fato anche una partida...

CORO

(tutte le voci)
Chi vince la partìita è un gra-a-nde gioo-ca-tòoore... Mi go zogàa vinti – àanii – per conquist-àar l'a-mooòree...

TIMMEL

Sì, in riva al mare – ecco, dormivo in un casa strana. Ho incontrato mia moglie morta... Son ritornato per la partenza leggera. Tutto era leggero con lei... La vecchia cicatrice si ridesta, lucente sposa, fiamma che rischiara e congiunge a un'ombra che nel tempo, per la sua dipartita, prolungava lontanissima in un profilo... Orlo della riva, albero nel vento, insenatura nella sera.

CORO

Chi vince la partiita è un gra-a-nde gio-ca-too-re...

TIMMEL

Lei, il mondo, e adesso...

Entrano alcuni inservienti, sistemano in mezzo alla scena un grande pannello, con la scritta:
«Prese moglie nel 1914, la moglie morì dopo quattro anni di tbc. Lascia un figlio che ora si trova in Cile» – Biglietto d'uscita dall'Ospedale Psichiatrico Provinciale di Trieste, N. del Registro 297, 1946.

TIMMEL

L'ombra intersecante la vita, lama tagliente, da quel giorno la vita è una mela spaccata, cicatrice che arde, la sua mano, dolce e tenera e fresca, sanava la piaga, ora è una piaga che brucia...

SOFIANOPULO

O madre dei ricordi, o amante delle amanti,
fior d'ogni mio piacere, fior d'ogni mio dovere!
ricorderai le belle carezze inebrianti,
le dolcezze del fuoco, gli incontri delle sere
o madre dei ricordi, o amante delle amanti?

TIMMEL, SOFIANOPULO

Insieme.

Unica mia regina, di ritmi e bagliori piena
rendi il mondo men orrido, e men gravi gli istanti –

Tre o quattro matti reclusi passano sullo fondo, inciampando e tossendo.

TIMMEL

Sì, tbc – so mi, perché – De tutintun no pituravo più – niente, schluss, fertig. Finito, un pittore finito. E quele sere zite, co' la tela bianca o i scaraboci. La disperazione di non essere più nulla, niente, finito, il pennello in mano come un scovolo del cesso – prendevo gli amici per la manica, iútime, disevo, iutème, aiutatemi, e tuti, con un zucòn, i se distrigava... i sentiva el peso del morto, che tira zò, e i taiava la corda, i me molava, e mi zò, zò, cascavo zò...

Appare il direttore, che parla ampollosamente, come se stesse illustrando dei quadri.

DIRETTORE

La grande crisi, in verità, sopravviene più tardi; è il periodo oscuro fra il 1926 e il 1938, che egli stesso chiamava i suoi «anni all'inferno», eh sì, ogni artista ha la sua saison en enfer, è il destino e il sigillo della modernità, quasi un suo marchio di originalità garantita – in effetti Timmel non espose per ben quindici anni, sino al grande ritorno della mostra del '41 – e conduceva la vita di un bohémien da strapazzo –

Entrano i suoi ascoltatori di prima, dietro e intorno a lui, e cominciano a cantare, un coro sguaiato ma lento, funereo.

CORO

In zavate e capel de paia,
la vestaglia a pindolòn, pindolòn...

TIMMEL

Ogni giorno più disperà – a papà e a mama ghe 'ndava ben, bon, i diseva, cussì forsi el lassarà star quei pastroci e el vegnarà a darne una man in negozio, Maison Thümmel, Negozio di Mode, Triest Börseplatz Nr. 7, Mezzanin, telefòno 1801. Papà, mamma, aiuto, non ce la faccio più, si tiravano indietro, il negozio, il lavoro, la vecchiaia, figliomioabbiamogiàfattotantoperte, siamo noi che ti abbiamo messo al mondo, non il contrario, mettere uno al mondo è già fare più del proprio dovere, avremmo anche potuto solo divertirci e basta, anche i genitori sono uomini, non si può pretendere, poi uno deve arrangiarsi e semmai essere il bastone della nostra vecchiaia. E allora sbevazzavo, tutta la notte nei locai, sbevazzavo...

Un avventore, di schiena, al tavolo di un'osteria.

– Bianco de botte scarta, fiasche de cantina, litri de mezzalana, vin slongà con l'acqua...

TIMMEL

Prima mi pagavano la bibita se gli davo un quadro, poi, quando non ce la facevo più a dipingere, non mi pagavano più neanche un bicchiere. Oddio, qualchedun che me pagassi un bicer lo trovavo sempre, la gente xe bona, magari i rideva co' iero duro, me ribaltavo per tera e me maciavo tuto, i me ga dito che una volta un ingegner, uno che el gaveva una granda fabrica e el me gaveva comprà un mucio de quadri per do lire, el ga pissà in un bicer e el me lo ga fato bever, ma no me ricordo. Non mi importava più niente, me cruziavo solo perché no iero più bon de piturar, me vergognavo vardandome in specio, un muso de spudarghe in boca, gnanca più me lavavo e tante volte, de sera, sentivo drento una paura enorme, nera, spaventosa, schifo e paura –

DIRETTORE

Con un tipico slittamento temporale, con una Verschiebung der Zeit, se così si può dire, l'artista progressivamente intaccato nella sua unità psichica e dunque nell'ordine spazio-temporale che la sottende ed è da essa sotteso, nella struttura fondamentale che articola l'Io nel mondo, l'artista, dicevo, colloca la sua grande crisi, la sua saison en enfer, il suo periodo di impotenza e silenzio, più indietro nel tempo, all'epoca del suo primo matrimonio, e la pone, in un'elaborazione delirante, in una significativa, sublime connessione con la malattia e la morte della prima, amatissima moglie, trasfigurata nel ricordo, nel delirio dell'immaginazione malinconica che si crogiola dolorante in se stessa...

CORO

...la vestaglia a pindolòn...
ficaremo sta marmaia
ne l'otava divisiòn!

TIMMEL

E una sera che guardavo il muro, zito da ore, fermo, là, solo ogni tanto un tremaz, Maria mi ha stretto la mano, una bela man fresca, che te scaldava el cuor, e la ga dito, calma: «Mi te tirerò fora!» E la lo gà anche ripetudo in italian – «Io ti tirerò fuori».

VOCE FEMMINILE SULLO SFONDO

Ch'ei viva e schiuse a me sien d'Averno le porte!

TIMMEL

Tranquilla, come sempre, senza alzare la voce, una dolcezza infinita, la tenerezza di chi non ha paura, cuore libero, aperto, golfo di mare che si apre sereno alle onde e ai venti. Senza la paura, quella che soffoca e spegne anche l'amore come uno straccio, finché la fiaccola pura sfrigola in un fumo puzzolente. Maria non aveva paura di niente e quando qualcosa la faceva tremare, come negli ultimi giorni, l'amore era sempre più forte, il vento si alzava e tendeva la vela e lei filava nel mare, lieve sulle onde... Io ti tirerò fuori. Discreta, come sempre, ma ferma, inappellabile, quando diceva così, era così, niente da fare – e infatti mi ha tirato fuori, lei, solo lei. Si è ammalata poco dopo e io...

MARIA

Voce da lontano.
Ti ho permesso, dando in cambio la vita, di godere ancora la luce del sole...

DIRETTORE

È sintomatico che l'artista, contrariamente a tante proiezioni mitopoietiche così frequenti nella cultura di quegli anni, non s'identifichi con Orfeo, che cerca e perde la sua Euridice, ma con Admeto, il sovrano strappato alla morte dal sacrificio della sua sposa Alcesti, che muore per lui. E si sbizzarrisce con cori di Euripide, recitativi di Gluck e chi più ne ha più ne metta. Alcesti, l'amante più grande. È solo lei, che scende nell'Averno. Per lui nessun viaggio agli Inferi, nessuna traversata delle grandi acque della morte...

CORO

Mamma mia dammi cento lire
che in America voglio andar...

UNO DEL CORO

In manicomio, con una camminata di due sigarette emigri dal reparto Tranquilli al reparto Agitati...

UN ALTRO

Che viaggio, lo go fato tante volte, su e zò, partir, tornar a casa, partir...

DIRETTORE

È ovvio che nell'artista il conseguente senso di colpa, pur elaborato in forme che...

TIMMEL

Lei si ammalò e io ne ebbi sollievo, perché quel dolore nobile e grande, per la sua morte che si avvicinava, spiegava, nobilitava, riscattava tutto... non ero più un niente, una merda su cui calar l'acqua, ma un uomo che soffriva, compianto e aiutato da tutti, un artista nobile come quel dolore che assolveva tutto, autorizzava ogni impotenza, fallimento, aridità, nobile cuore di marito e padre straziato... abietto fango del rispetto e della misericordia estorte con posa blasfema – sì, ero anche sincero, soffrivo succhiando la vita da quel seno che si spolpava e sfasciava, ma felice, ignobilmente felice di aggrapparmi ad esso come a un legno in mare per tenermi a galla, incurante se afferrandolo lo straziavo ancora di più –unghie nere, sporche... Nero sporco del cuore, sangue rappreso – i cani leccano il sangue delle ferite, buoni e misericordiosi, poi ci prendono gusto, non occorre neanche che tirino fuori i denti, basta passare la lingua ruvida e ispida sulla piaga, per far male – E la invocavo, la mia

Alcesti, declamavo supplicando che mi prendesse con lei, come se...

CORO

Tutti, reclusi e sedie.
Hai lottato spudoratamente per evitare la morte e vivi oltre il termine a te assegnato, uccidendo lei...

TIMMEL

E io, grazie a lei, non più artista fallito, aquila azzoppata, ma di nuovo aquila regale...

SOFIANOPULO

Albatros, grande uccello per i mari errante,
Principe delle nubi, gli è simile il Poeta,
disfida la tempesta, dell'arcier è incurante,
sulla terra, esiliato, fra scherni non si allieta...

PRIMO SEMICORO

No, lei regale, lei sola, lei la dignità, la grazia, l'amore senza paura –
Quando il giorno sentì ch'era venuto, il corpo bianco
lavò con l'acqua che le fu portata
dal fiume, e dalle sue arche di cedro
pregava, staccando foglie di ramoscello di mirto –

SECONDO SEMICORO

Con gli occhi asciutti, senza un gemito,
la morte imminente non segnava di pallore
il suo bel volto. Ma alla fine

gettandosi sul letto della stanza nuziale,
eruppe in pianto –

TIMMEL

Quel suo sorriso bianco, dolce e intrepido... Ah, ma perché adesso ricordo tuto... desmentegar, no solo le parole de 'sto porco mondo, anca quele de l'altro mondo, de quel bel, che però fa mal... e invece ricordo, ricordo... quella volta, in Viale Venti Settembre, mi ha sorriso, tenera e forte, e tutto era deciso – sorrideva... punti bianchi, cascata di stelle nella notte, punti bianchi fiocchi luminosi e caldi di neve si spargono nel buio, una manciata di perle, chiarità della notte bianca, tenera e senza fine, le perle le stelle cadono argentine ma non affondano nell'oscurità, galleggiano, stelle nel mare, il male sparisce, scompare. Quel viso è un sole, il sole si riflette nell'acqua, il catino d'acqua sporca si rischiara e si incendia, acqua pura, lucente – guardavo abbagliato quel sole là dentro, alzavo la testa, si riproduceva a cento a cento in un volo beato sulle pareti scure e gli anditi bui, i soli scorrevano nell'opaco della vita accendendolo di fiori. Maria sorride, il riflesso del sole danza sui muri, dischi azzurrini imbiancando scemano in rosa rosso, tremano sul muro, scivolano dalle finestre, si rompono, schegge luminose, punte di una stella... la stella... l'aria oscura la inghiotte ed è finito, il buio degli anni risucchia nel vortice. Maria più bianca, più pallida, ma sempre il sorriso, un sole che sorge.

UNA VECCHIA RECLUSA

Sole, sole... Sole! Mano fredda e mano calda, unghie nere da pulire, ferite da leccare...

UN'ALTRA VECCHIA RECLUSA

I me gà rubà la mia pupa, voio la mia pupa, no 'sti pupoloti, dotor, la se cioghi indrio 'sti pupoloti, voio la mia pupa...

UN RECLUSO

A un altro.
Come ti chiami?

UN ALTRO RECLUSO

Io sono il numero 28.

UN ALTRO

Io il 32.

IL PRIMO

No, sono io il 32, sono io!

IL TERZO

No, sono io! 32, 32!

UN INFERMIERE

Buoni, buoni! Facciamo il gioco dei numeri, quello del frate che ga perso le zavate.

UN RECLUSO

Sì, Sì! El frate ga perso le zavate. Chi le ga trovade?

INFERMIERE

Il numero 28!

IL RECLUSO N. 28

Chi mi? Mi no.

INFERMIERE

E chi po'?

IL RECLUSO N. 28

Il numero 32!

TIMMEL

E io fetido parassita, omicida, mi nutrivo di quell'inesorabile male su quel d'allora rigido seno, succhiavo l'onduleggiare osseo del tronco impoverito, abiettamente felice del patto di sangue, la sua morte il suo sfacelo per la mia vita, per la mia faccia non più schernita, ma riverita per il dolore che si abbatteva su di me, il ferreo ma alto destino... per quell'osceno scambio il demone non aveva nemmeno preteso di aprire la vena, gli era bastato un po' di sangue di naso, muco raggrumato...

DIRETTORE

A Sofianopulo.
Conosci Timmel?

SOFIANOPULO

Il pittore?

DIRETTORE

Il mio soggetto!

TIMMEL

Chi mi? Mi no.

UN RECLUSO

Chi po'?

SOFIANOPULO

El frate!
A Timmel.
Fratello mio, fratello di sventura
Nella tua sorte dura
Pur t'arride luminosa
l'inobliata Sposa...

TIMMEL

Mia Alcesti, stella del Settentrione, splendore nella notte scesa e sparita nelle tenebre, il tuo riso e sorriso candide spume inghiottite dalla grande cloaca, laggiù, per me, e io, con le lacrime che mi scendevano sul viso insozzandosi di fetido sudore, felice di non scendere, di restare a galla poggiando su di te, spingendoti sotto nelle acque limacciose, avido di respirare sul tuo soffocare – eppure straziato e sincero, sì, perché sapevo che non c'era più niente,

senza di te, grande scudo che proteggeva dal fuoco la mia nave marcia arenata sotto le mura di Ilio. Solo in te rinascevo ogni volta e ormai invece ero là sotto anch'io, sputacchio assorbito dalla terra della fossa – Non guardarmi, mi hai detto, non sono Euridice, non sono qui perché tu scenda nell'Averno, ma scendo io perché tu non ne conosca l'orrido niente.
Mia Alcesti, amaro ritorno, odioso spettacolo di stanze vuote
O reggia, come posso entrare in te, abitarti?
La sorte è cambiata, tutto è mutato, sono perduto...

CORO

Scordati l'eccessivo dispiacere,
mettiti una corona, vieni a bere,
getta alle spalle l'infelicità.
L'alzarsi e l'abbassarsi del bicchiere
ti libera da cupezza ed ansietà.

SOFIANOPULO

Gli presenta una donna velata.
Guarda la sposa,
l'erculeo tuo sodale
strappata l'ha all'Averno.
S'impietosì la morte
del tuo amore eterno.

TIMMEL

O viso, o corpo

di te che amo,
o donna mia,
io che credevo
di non vederti più
e ora ti ritrovo
in fior di gioventù.

PRIMO SEMICORO

Dopo tre giorni si tolse il velo
E fu l'inferno in luogo del cielo
Ma dopotutto, non t'avvilire
perché è così che va a finire!
S'ha un bel giurare la fedeltà,
ma se una muore come si fa?
Non può pretendere, chi se ne va
nessun bel voto di castità!
Un lungo digiuno
non fa bene a nessuno.

SECONDO SEMICORO

Chi muore passa
e chi vive se la spassa.

VOCE FUORI CAMPO

Nel 1922, secondo matrimonio, però i due non convivono da parecchi anni. Thümmel Vittorio fu Raffaele, biglietto d'uscita dall'Ospedale Psichiatrico Provinciale di Trieste.

TIMMEL

Come fu brava, l'altra, a domesticarmi alle erotiche arguzie... tumulto dell'amplesso, inspiegabile, aria viziata, meandri infiniti della volgarità, filtri di dominio e schiavitù mescolati nella saliva che succhiavo con baci feroci, umiliati – li preparava in storte e alambicchi, il demone glieli suggeriva nelle notti stillanti di sperma e sudore...

SOFIANOPULO

...natura, grande nei suoi piani celati,
di te si serve, o femmina, regina dei peccati...

Sulla parete compare il quadro L'incomunicabile, *con i due coniugi a letto, l'angelo che sussurra all'orecchio dell'uomo e il demone a quello della donna.*

TIMMEL

No, non è mia moglie, è un'altra, illecita, senza sacramento, bigamia impura, proibita, non è più il tempo dei patriarchi... cosa c'entra la cerimonia, solo una è la sposa, ah mia Sposa, come sono belli i tuoi piedi nei sandali, altri baci a quei piedi, unica Sposa, bella come la luna, splendida come il sole, terribile come un esercito schierato in battaglia, bandiera nel vento...

LA VECCHIA RECLUSA

La pupa, la mia pupa –
Tossisce, cerca di parlare, farfuglia.

TIMMEL

Non c'è un'altra, non si può, è vietato avere due mogli, cosa c'entra che Maria è morta, il matrimonio è valido, indissolubile, quod Deus coniuxerit... solo per i preti la morte è una scusa per la foia, a lori ghe va ben tuto...

LA VECCHIA RECLUSA

La mia pupa, no questa, la mia...

TIMMEL

Fra sé, guardando il dipinto.
No, non è vero, neanche quel quadro – magari fosse stato così, una furba puttana e dopo un poco tuto va in fuc', si capisce... e invece –

L'ALTRA VECCHIA RECLUSA

Stendendo la mano verso una bambola.
No, la tua xe quela, 'sta qua xe la mia...

TIMMEL

Credevo, quell'altra, di averla sposata per il letto, la cucina e un po' di compagnia e allora anche se avesse fatto la squinzia, magari la troia, per conto mio, chi se ne... E invece, d'improvviso, quei suoi occhi grandi, un po' miopi, obliqui... e quel riso, quella voce in cui tutto ritorna –

VOCE FUORI CAMPO

Immagini obliate
ritornano a fiorir nella mia mente.
Che c'è nella tua voce
che mi commuove sì profondamente?

TIMMEL

Non dirlo, che mi ami!

LA VECCHIA RECLUSA

Ficcando una bambola in mano all'altra.
No, questa non è la mia, è brutta, che bocazza, che oci de pesse lesso.

L'ALTRA VECCHIA RECLUSA

No, tièntela, la mia xe quela là.
Si strappano le bambole dalle mani.

TIMMEL

Lei era un orizzonte e io di colpo ero là, in quell'orizzonte... ma ero anche in quell'altro, in Maria, come sempre, per sempre... felicità, caos insostenibile, estate di bronzo, due oceani, non ce la facevo... come sarebbero stati invece facili un mare e uno stagno, amare e non amare, ma amare e amare no, due cieli sono troppo per un Atlante ciompo, schiantano... e allora quell'altro viso, quella bocca tenera e ridente li ho sfregiati, coperti di bistro, un mascherone di vizio... è così facile, basta do scaraboci per il primo Pomogacci che capita... e quando se n'è andata ho respirato, ero un niente, ma leggero, uno straccio, il cielo era vuoto, un palloncino sgonfio, non pesava più –

UNA VECCHIA RECLUSA

Mostrando due bambole malconce.
Guarda cos'hai fatto –

TIMMEL

Ma io credevo fosse lei, che fosse tornata – anche se fosse scappata con un altro, non le avrei chiesto niente, purché fosse tornata. Ma nessuno ritorna dall'altra riva, l'oceano non si guada, neanche Paolo, che ha il suo sorriso, torna dall'America... chissà dove sarà, poi, l'America...

CORO

Affievolito, da lontano.
Mamma mia, dammi cento lire...

TIMMEL

Sì, sull'atlante è segnata, ma non mi fido, l'atlante ha il timbro della biblioteca del manicomio, forse è un trucco.

VOCE FUORI CAMPO

«Carissimo Papacci, con tanti baci e abbracci. Non posso mandarti più di venti dollari, perché anca se ciapo 35 la settimana, 25 vano al mese per l'afito, luce acqua e gas 5, mangiare varia da 2 a 2,50 al giorno e lavanderia più o meno 2 la settimana. Però speriamo bene che ho fato i costumi per la rivista sul iazzo di Sonia Henje – Tuo figlio Paolo, c/o Mahieu Inc., 242 West 55th Street, New York, N.Y.»

TIMMEL

Me piasessi partir anca mi... per Trieste, Saturno, Mondo II, un punto. Trieste è Saturno.
Si rivede illuminato il Sogno del Mondo Saturnio. *Poi sparisce.*
Appare un'insegna: «Società Canottieri Saturnia», *Timmel la guarda.*

TIMMEL

Se me se offri un calice al bar, ve pituro qua, drio el banco, la regata.

L'insegna scompare.

TIMMEL

Con Maria andavimo al mar, xe bel el mar, anche in brazo a ela iero in mar. Soto el mar ghe xe tante robe strane, anche tute le storie xe scrite là soto. Anche l'amico morto el xe là soto, el camina, el xe partì. Partire, entrare nel mare, liberi. De là soto se vedi la stela. Ghe xe tanti fiori là soto, come stele, stele marine, fiori, freschi, marzi, freschi.

SOFIANOPULO

Sol hanno la speranza

che la Morte, librandosi come un sole novello,
alfin farà sbocciare i fior dal loro cervello –

TIMMEL

De là soto se vedi la stela. Tanti punti bianchi, el suo sorriso... anca mi son un punto. Una bola de spuma. La svampissi. Anca la stela svampissi...

* * *

Buio. Si sente solo un tenue rumore, soffocato, come una bottiglia stappata malamente.

Stanzone del manicomio. Sullo sfondo e ai lati, illuminate a sprazzi da bagliori di luce che si spengono facendoli ripiombare nell'oscurità, si vedono le facce dei reclusi.

I DUE SEMICORI DEI RECLUSI

Alternandosi.
A mezzanotte
se senti un gran sussurro –
a mezzanotte
se senti un gran sussurro –
xe el carro de la merda
che russa contro el muro...

DIRETTORE

...Un delirio dopo l'altro ovvero un luogo comune dopo l'altro – eh già, quello che nella vita è un imprevedibile colpo di mattìo è già schedato nei manuali, uno stereotipo, una fissazione banale. Come il classico binomio delle due donne, angelo e diavolo. Se n'è accorto perfino lui, se ha cercato di cambiare le carte in tavola e di risciacquare il cerone dell'altra. Comunque, tutto rimane un'esaltazione privata, anche se certo non per colpa sua. Il caso Timmel dimostra come il nostro sistema sociale carcerario-concentrazionario-manicomiale-totalitario, di cui la psichiatria è l'istituzione totalizzante e deviante per eccellenza, produttrice punitrice e segregatrice della devianza, non sopporti contestazioni concrete e reprima il disagio sociale trasfigurandolo e deformandolo in malessere puramente personale, bollandolo come malattia o sublimandolo come arte. Ciò che mette in discussione i valori della classe dominante viene tollerato e confinato in apposite sfere politicamente innocue, la malattia o l'arte.

Passa davanti a uno dei reclusi, si ferma.

Fatti pulire la faccia... ah!...

Si accorge che è invece uno specchio, resta un attimo incerto, si ravvia i capelli e riprende a passeggiare.

La borghesia crea per i suoi ribelli degli spazi assoluti, in cui lo scontro con la quotidianità alienata viene separato da questa quotidianità e dalle sue cause sociali. La protesta sociale viene distorta in un monologo senza interlocutori; vecchi *Lieder* di Heine citati a sproposito, mozziconi di canti e immagini dimenticate che vengono su dal cuore, lo stringono per un momento e poi chi s'è visto s'è visto, l'inibizione blocca la pulsione erotica, proibisce perfino di parlarne, niente orgasmo ossia niente rivoluzione. Chi dice di no al dominio borghese può essere solo un artista o un malato, politicamente inoffensivo. L'artista, come dice appunto

Timmel stesso introiettando tale castrazione, perde la scarpa, vive di mancanza, mancanza dell'Edipo, dell'oggetto primario del desiderio, della soggettività sociale...

CORO

Nel buio.
...ne l'otava divisiòn!

UNA VECCHIA RECLUSA

La pillola, voglio anch'io la pillola come lei, infermieere, la pillola!

UN INFERMIERE

Con un cesto pieno di psicofarmaci.
Pillole per tutti, tutti in fila per le pillole, con le pillole non c'è rischio, con le pillole ci si diverte senza pensieri...

UN RECLUSO

Perché la colpa è della società? Voglio averla io, è colpa mia, la colpa è mia, me la gestisco io e nessuno me la porta via...

CORO

Attenuato, nel buio.
Ne l'otava divisiòn! Secessiòn!

DIRETTORE

Arte e follia, devianza e sua sublimazione – per lo psichiatra carceriere di un tempo le visioni, gli incubi, la denuncia di Timmel sono «infantilismo», la rivolta sociale è soffocata in un delirio privato –

Sulla parete compaiono, illuminati a turno e subito risprofondati nel buio, alcuni Sogni.

– rivolto tutt'al più alla pietà individuale di un amico, un messaggio indirizzato alla società e deviato a un unico destinatario. Timmel è sopravvissuto al fascismo, ma il fascismo è sopravvissuto a lui, il fascismo dell'Istituzione Psichiatrica, l'universo dell'esclusione costruito su qualcosa che non c'è, l'inesistente malattia mentale – e quando noi, più tardi, troppo tardi per lui, per tutti, perché è ancora presto e l'antipsichiatria non c'è ancora, anche se abbiamo chiuso i manicomi, cioè li abbiamo aperti... *(comincia ad agitarsi, sbracciandosi e impappinandosi)* gli psichiatri sono dei pazzi furiosi perché affermano l'esistenza di qualcosa che non c'è, mentre noi sappiamo che la nostra scienza non esiste, che noi siamo specialisti del niente, studiosi dell'inesistente – chi è più matto, un morto che crede di esser vivo o un vivo che sa di esser morto? E Timmel prigioniero, dietro quelle porte chiuse che poi abbiamo aperto, ma troppo tardi per lui, per tutti... in quelle catene che gli straziavano la carne e l'anima... Istituzione negata, ma sempre vittoriosa...

CORO

E co càpita el primario
el domanda: «Come xe?»
«Sior primario, stemo meo,
siam rimasti soli in tre.»

Inservienti-infermieri arrivano con quadri che sistemano qua e là, urtano e spingono il direttore nel gruppo dei reclusi, lo spostano; due con un grosso cavalletto lo costringono a indietreggiare, sempre più, verso il fondo.

DIRETTORE

Ma perché, lasciatemi stare, lasciatemi finire – se sapeste com'è difficile... tutto, e poi una mostra, una vita, spiegarla, ma non troppo, non si può, va contro le regole, e allora – *(è quasi sparito nel gruppo, tra le facce immobili e imbambolate degli altri)* – eh già, si fa presto a dire, per voi è facile, qualunque smorfia va bene, tutti a bocca aperta davanti alle vostre bocche aperte, a riverire la sfinge della follia, un mistero indicibile in ogni sorriso ebete, ogni matto che grugnisce è l'oracolo di Delfi che dice e non dice, sguardo spento e profondità sepolta, uno scemo non è mai un uomo senza qualità – e così voi, muti o urlanti, come vi pare, senza che nessuno da voi pretenda niente – e invece noi, invece io, costretto a dire, a fare, badare che tutto funzioni, quadrare i conti; per me due più due deve sempre far quattro, mentre per voi ogni strafalcione va bene, anzi – niente zavate e vestaglia a pindolòn, a

me non è permesso, devo essere a posto, la mia camicia dev'essere sempre lavata e stirata, altro che camicia di forza che potete sporcare come vi piace, carogne, pagliacci, parassiti, burattini, fate finta di non capire come è duro fare il burattinaio – si tira un filo e uno si muove, risuscita, è vivo, si lascia andare il filo e quello è di nuovo giù, stecchito, sparito – la vita e la morte ma a tempo giusto, uno-due, uno-due, e se un filo s'ingarbuglia, se un riflettore si guasta sono io che pago, perché sono io che faccio la mostra, non quello là, appeso al filo, che resta fermo in pace, al buio...
Sparisce, agitando le braccia.

* * *

TIMMEL

Nella posizione iniziale, accoccolato.
No, no... Cesare, cocolo, dighe anche ti che i se sbaglia, che qua i xe tuti cocoli. I dotori, i professori, el primario, el Duce, tutti... altro che quei scalzacani che bagola e i va in giro tuto el giorno, liberi... sì, liberi, mona... Xe cussì triste, esser liberi... te son solo, là, quela dona xe cocola, ma come se fa, xe cussì diffizile... e le robe, i stramazi, le suste – come che stavo ben là, incantuzado, co' mia mama me diseva quel che podevo far e quel che no podevo... e mi libero, beato, senza dover pensar a gnente... (*cambiando tono, con voce più ferma*) bisogna assolutamente dipendere per raggiungere l'infanzia beata – e fare quello che si vuole, come qui dentro

– che grande, che spazio, che libertà immensa... mi siedo su quel muretto, là fuori, nel giardino – mi siedo e aspetto che il tempo passi – Il tempo è come il mal di testa, passa, passerà, prima o dopo sarà passato, basta aspettare – è bellissimo aspettare – il cielo bianco poi giallo poi celeste poi turchino poi neroblunero – mi chiamano, ma non li sento, Toni mi ha detto che se non li sento vengono, mi prendono e mi sbattono qua dentro – lui dice che qualche volta non voglio tornare dentro e tiro calci e che allora mi pestano, come qua sull'occhio, ma non so, non credo, Toni è un megalomane, uno che protesta, dice scempiaggini contro il Duce ma bisogna perdonarlo, fa il bullo e si crede chissachì...

TONI

Con tutta la corrente elettrica che mi hanno scaricato nella testa la sigaretta si accende da sola, come una lampadina, guardate...
Fa finta di accendere e di scottarsi, poi esce.

TIMMEL

...si crede chissachì solo perché protesta e non si accorge che il mondo è meraviglioso – io sto seduto sul muretto, in giardino, le gambe a penzoloni, sotto c'è un abisso immenso e guardo le stelle e mi addormento...

Arriva un automezzo della Nettezza Urbana, suona il clacson, due o tre inservienti si avvicinano con sacchi di immondizie.

TIMMEL

La tromba, la tromba del Giudizio... suona, suona... mi sveglio di colpo e perdo l'equilibrio, cado, non finisco più di cadere, giugiugiù, è meraviglioso – sono un punto, roteo con dugentilioni di stelle, se apro le braccia e le gambe, ecco, sono una stella, una stella a cinque punte... tanti punti luminosi, tanti tanti, petali di un sorriso, una margherita si sfoglia nella notte. Tutti i disagi si placano. Dio è guarito, niente più raffreddore, e quello là cade, cade dal muretto, felice, mi pare di conoscerlo ma non so come si chiama, no, von Thümmel no, e neanche... ecco, è sparito, come dev'essere felice...

Canta.
Sì dimenticar
perfino gli occhi tuoi
scordar che tu mi vuoi
scordar che voglio te.

C'era una volta un prato
di bei scordar di me.
Il fior che tu m'hai dato
è un bel scordar di te.

CORO DI TUTTI

Tu, uomo libero senza nome – Niente ha nome, miliardi di atomi senza nome, i punti non hanno nome, sei entrato nel mare, le gocce non hanno nome, grande addio di nessuno a nessuno...

TIMMEL

che scalmana, tutti si agitano, per niente, scordata avventura – sono passati anni luce, giro con l'asse terrestre intorno al sole, astri sorgono e tramontano, i colori dell'alba e della sera, il sole, i soli sui muri...

Finito di stampare il 10 maggio 2001
dalle Industrie per le Arti Grafiche Garzanti-Verga s.r.l.
Cernusco s/N (MI)